LES AVEUX INDISCRETS,

OPERA COMIQUE

MÊLÉ D'ARIETES;

Par M. DE LA RIBADIERE;

Représenté pour la premiere fois à la Foire Saint Germain, le Mercredi 7 Février 1759.

Le prix est de 24 sols.

A PARIS,

Chez MICHEL LAMBERT, Imprimeur-Libraire, rue &
à côté de la Comédie Françoise, au Parnasse.

M. DCC. LIX.

Avec Approbation & Privilége du Roi.

AVERTISSEMENT.

CET Ouvrage a été fait en vers, & mis en Musique il y a quatre ans; on a été obligé, pour le donner au Public, de substituer de la prose à la place du Récitatif. L'Auteur de la Musique a cru devoir le faire graver en grande partition, & laisser subsister les Récitatifs tels qu'ils avoient été faits. Il paroîtra vers le 25 de ce mois; on le trouvera aux Adresses ordinaires.

ACTEURS.

LUCAS, *mari de Claudeine.*

CLAUDEINE, *femme de Lucas.*

COLIN, *mari de Toinette.*

TOINETTE, *fille de Lucas & de Claudeine.*

LE BAILLI.

La Scene est dans un Hameau.

LES AVEUX
INDISCRETS,
OPERA COMIQUE.

SCENE PREMIERE.

COLIN.

AIR.

LE jour que l'on prend femme
On eſt joyeux :
L'Amour brûle notre ame
De tous ſes feux.
De la beauté qu'on aime
Le cœur eſt plein :
Eſt-il toujours de même
Le lendemain ?

De mon nouveau ménage
Je ſuis content, moi.

A iij

Toinette a ma foi ;
Sa douceur m'engage :
Fillette à son âge
Est de bon aloi ;
Elle sera sage,
Je n'ai point d'effroi.

Le jour, &c.
Je suis encor de même
Le lendemain.

SCENE II.

COLIN, TOINETTE.

COLIN.

EH bien, ma chere Toinette, te voilà donc ? Tu as l'air triste…. Allons, leve les yeux : sçais-tu que dans une heure Lucas viendra sçavoir si je suis ton mari, & si tu es ma petite femme ? Tu boudes déja ?… Doutes-tu que je t'aime ? Regarde-moi….

TOINETTE.
Ah ! nenni, je n'oserois.

COLIN.
Quoi, tu refuses ton mari, ton cher Colin ?

TOINETTE.

Ah dame, je fuis honteufe.

COLIN.

Bon, bon, cette honte-là ne fait point
de mal ; mais jarnonbille, troques-la con-
tre deux fois autant de gaité, ça fera mieux.
De la joie, ma Toinette, de la joie : tiens,
nos noces font faites ; tu fçais le proverbe,
quand les paroles font dites . . . .

AIR. N°. 1.

Avant la noce, ma Toinette,
Ces façons-là font bel & bien ;
   Mais quand la noce eft faite,
    Ça n'fert de rien.   *bis.*

TOINETTE.

AIR.

Eh bien, je m'y hazarde ;
Eh bien, je vous regarde ;
   Là, voyez-moi.
   Ai-je l'avantage
   Que dans mon vifage
   Vous trouviez de quoi
   N'être point volage ?

COLIN.

AIR.

Va, mon cœur ; va, ma chere femme,
   De tes beaux yeux

A iv

S'élance une flamme
Qui me rend heureux.

Je veux t'aimer sans cesse,
Que mon feu croisse chaque jour ;
Que jamais ta tendresse
Ne puisse égaler mon amour.

Va, mon cœur, &c.

Il faut pourtant que je te le confesse...
Et j'en suis tout honteux.
J'eus autrefois une maîtresse,
Que j'en fus amoureux !
La main la plus belle,
Tous les traits charmans :
Ah ! qu'avec elle
J'ai passé d'heureux momens !

Mais mon cœur, &c.

Qu'as-tu ? tu pâlis !

TOINETTE.

Vous me faites là, Colin, une confidence
qui ne doit pas me réjouir beaucoup.
Elle pleure.

COLIN.

Eh quoi ? tu pleures ! de la jalousie ? Va,
je te peux rassurer d'un seul mot. Elle est
morte.

TOINETTE.

Bon, bon, elle est morte !

COLIN.

Je te le jure . . . . . Ecoute : demain nous ferons déja vieux époux. Le quart d'heure d'après le mariage, il n'y a pas plus de reméde qu'il n'y en auroit dans dix ans. Maris & femmes sont faits pour s'aimer comme Amans, & se supporter comme amis. Le vrai bonheur est de pouvoir se confier ses plaisirs & ses peines ; & à qui les confier avec plus de délices qu'à l'objet qu'on aime, & avec qui on est lié pour la vie ?

TO·INETTE.

Vous avez raison, Colin . . . . là vrai-ment, est-elle morte ?

COLIN.

Mais je te le jure, encore une fois ; & je te jure de plus, que pour profiter du droit des maris, je n'aurai jamais aucun secret pour toi ; prens la même liberté avec moi.

TOINETTE.

Eh bien, tenez, puisque c'est notre de-

voir d'être finceres, je vais vous dire quelque chofe de bien plaifant.

A I R.

Admirez le rapport
Que nous avons enfemble;
Voici mon fort,
Au vôtre il reffemble;
Voici mon fort.

Croyez pourtant que je vous aime
Autant qu'on puiffe aimer;
Que je ferai toujours la même,
Que mon bonheur dépend de vous charmer.

Voici mon fort.

Un Officier paffa par ce village;
Qu'il étoit beau!
Lefte, pimpant, gentil corfage,
Et vif comme un oifeau.
J'eus beau m'en défendre;
Il m'adoroit,
Il foupiroit;
Je fus toujours tendre:
Il me prioit,
Il me preffoit,
Mon cœur palpitoit;
Il fallut fe rendre.

Voici mon fort.

COLIN

Eh bien? Toinette; eh bien?

TOINETTE.

Eh bien, qu'eſt-ce? que voulez-vous que je vous diſe? ... Voilà tout.

COLIN.

Mais tire-moi d'un trouble ſi cruel : qu'entens-tu par .... il fallut ſe rendre?

TOINETTE.

Mais j'entens comme tout le monde entend : c'eſt-à-dire, aimer. Rien n'eſt plus naturel.

COLIN.

AIR.

Dieux! quelle eſt ma rage!
Quel affreux diſcours!

TOINETTE.

Vous n'êtes pas ſage.

COLIN.

Cet horrible outrage
De notre ménage
Va rompre le cours.

TOINETTE.

Vous criez toujours.

COLIN.

Cet horrible outrage . . . .

TOINETTE.

Eſt par-tout d'uſage.

COLIN.

Je cours à ta mere
Demander raiſon,
Elle & mon beau-pere
Sont à la maiſon . . . .

TOINETTE.

Quel eſt ce langage ?
Que tout ce tapage
Eſt peu de ſaiſon !

COLIN.

Dieux ! quelle eſt ma rage &c.

Colin ſort.

SCENE III.

TOINETTE.

VA, va, fourbe que tu es, tu ne cher-
chois qu'à me tromper : Comment
ſont donc tous les hommes, puiſque celui-
ci que j'aimois à cauſe de ſon air doux &

tranquille, me montre une humeur fi ai-
gre & fi acariâtre? Que d'injures il me dit
dès le premier jour! ah, pauvre Toinette,
quel augure pour l'avenir!

AIR. Nº. 2.

Quelle fureur & quels propos!
Voilà donc les hommes!
Sottes que nous fommes
De les aimer avec de tels défauts!
Mari, pere & mere,
Tout va fondre fur moi;
J'aurai tort, & pourquoi?
Ce qu'il a fait, n'ai-je donc pû le faire?

SCENE IV.

LUCAS, CLAUDEINE, TOINETTE.

LUCAS.

AIR.

QUe veut donc dire tout ceci?
Qu'a donc notre gendre?
J'accours, & ta mere auffi,
Pour de toi l'apprendre.
Faut qu'il foit bien mutin
Pour faire ainfi le train,

Crier comme un lutin
Tout drès le matin.
Réponds, ma Toinette ;
Quel dépit si grand
Entre vous brusquement
Prend ?
Tu restes muette ;
Je juge d'abord
Que dans son transport
Ton mari n'a pas tort.

CLAUDEINE.

A i r.

Un mari dans ses droits
Souvent est peu traitable.

LUCAS.

Les femmes sont par fois
Querelleuses en diable.

CLAUDEINE.

En verité, Lucas . . . .

LUCAS.

Eh ! non, c'est toi, Claudeine.

CLAUDEINE.

Vous faites souvent du fracas,
Lorsque ça n'en vaut pas la peine.

LUCAS.

Combien de fois suis-tu mes pas,
Criant à perdre haleine ?

CLAUDEINE.

Les maris font jaloux.

LUCAS.

La femme eft perfide.

CLAUDEINE.

Il faudroit les noyer tous.

LUCAS.

Il faut lui tenir la bride.

CLAUDEINE.

Ils font quinteux,
Fiers, foupçonneux,
Hargneux, fâcheux;
C'eft un martyre.
Ils font fcabreux,
Calomnieux,
Injurieux,
Avantageux,
Enfin c'eft pis qu'on ne peut dire.

LUCAS.

A i r. Nᵒ. 3.

Femme qui gronde, ma Claudeine,
Tant qu'elle a de l'haleine,
Faut la laiffer dauber.
De crier enfin l'on s'ennuie;
En tout cas, c'eft comme la pluie
Qu'il faut laiffer tomber.

Mais parbleu, fçachons donc la raifon de tout ce grabuge : ce bacchanal-là m'étourdit les oreilles. Qu'avez-vous enfemble ? Tu l'auras grondé ?

TOINETTE.

Non.

LUCAS.

Tu l'auras peut-être égratigné, battu?

TOINETTE.

Non.

LUCAS.

Parle donc.

CLAUDEINE.

N'allez-vous pas déja la gronder, avec votre ton brufque ? (*à Toinette.*) Viens ça, viens, mon enfant, conte ça à ta mere.

LUCAS.

A la fin ça m'impatiente : vîte, qu'eft-ce que c'eft ? Lui donnes-tu de la jaloufie, de l'ombrage ?

TOINETTE.

Eh bien, oui.

LUCAS.

Pefte ! que je fuis rufé ! j'ai tatigué mis
le

le doigt deſſus. Par la jarniguoi, dis-moi
la vérité ; qu'eſt-ce que c'eſt ?

CLAUDEINE.

Votre Colin eſt un ſot. L'animal ! ſoup=
çonner ma Toinette ! L'impertinent ! oh !
je lui parlerai d'un ſtyle qu'il pourra com=
prendre. Soupçonner ma Toinette !

LUCAS.

Hon, hon ; écoute, femme : tu ſçais que
toute petite nous l'avons ſurpriſe minau-
dant & ſe mirant par-tout ; je la crois un
tantet entichée de coquetterie. (*à Toinette.*)
Dis toujours, voyons.

TOINETTE.

AIR.

Ce matin
Mon Colin,
Plein de flamme,
M'a fait approcher,
Puis m'a dit : ma femme,
J'aurois beau chercher
Dans tout le village
Un plus beau viſage,
Des yeux plus charmans,
Et plus d'agrémens.
Toinette, je t'aime . . . .
Moi, j'ai dit de même.

B

Je suis pourtant fâché
D'avoir été touché
D'un amour extrême
Pour un autre objet
Qui me plaisoit tout-à-fait.
A ce discours sincere
Moi, j'ai répondu :
S'il étoit défendu
De plaire,
Que de tems l'on verroit perdu !
Un Officier d'armée
Me fit les yeux doux :
Comme vous aimée,
J'aimai comme vous . . . . ;
Mais d'abord
Son transport
A fait rage :
Il veut tout casser ;
Jusqu'au mariage.
J'ai voulu forcer
Son humeur sauvage
A devenir sage :
Il est sans raison ;
C'est pis qu'un démon.

LUCAS.

Eh bien, Madame Claudeine, vous sça-
viez cela, & vous en faisiez mystère à votre
mari ?

CLAUDEINE.

Eh oui, voilà une querelle bien placée...

Eh bien, quel mal a-t-elle fait ? Eſt-ce qu'une fille dit toutes ces balivernes-là ?

L U C A S.

Tout au moins ſi elle en fait myſtère à ſa mere & à ſon pere, pourquoi ne les pas taire à ſon mari ?

T O I N E T T E.

Il y a de la ſurpriſe là-dedans, mon pere: il me parloit du contentement du ménage ; il m'a dit que la ſincerité entre mari & femme y tenoit pour beaucoup : il a été franc avec moi ; ne devois-je pas l'être avec lui ?

L U C A S.
A I R.

Mais, morgué, quand j'y penſe ;
   C'eſt Colin qu'a tort.
  Je le blâme fort ;
Il mérite ſa chance.

T O I N E T T E.

Je l'aurois ſans doute aimé le premier, ſi je l'avois connu avant l'autre.

A I R.

Un jeune cœur
Nous offre l'image

Du papillon qui vole autour de chaque fleur.
Dans fa vive ardeur
Chaque objet l'engage.

Sur fes pas
Une rofe naiffante
Dans fon fein lui préfente
Mille appas ;
Il s'arrête,
Sa conquête
Ne dépend
Que de l'inftant.

Un jeune cœur &c.

LUCAS.

Allons, allons, je vois clair à tout ce
tripotage. Laiffe-moi faire, ma pauvre Toinette ; le lendemain de ton mariage, il ne
fera pas dit qu'un travers, un caprice te
feront fervir de rifée. Laiffe-moi faire, je
vas trouver Colin, je lui parlerai comme
on doit parler ; ne t'inquiete de rien.

TOINETTE.

Oui, mon pere, parlez-lui bien.

LUCAS.

Quel tapage pour des vétilles ! ah, ah !
le plaifant homme ! la drôle de çarvelle !

Je vas lui parler ; ne t'embarrasse pas.
(*Il sort.*)

SCENE V.

CLAUDEINE, TOINETTE.

CLAUDEINE.

AIR.

J'AI vû dans ma vie
  Bon nombre de sots :
Dis-moi, je te prie,
Tient-on ces propos ?
Fut-il jamais sote
Assez idiote
Pour lâcher ces mots ?

TOINETTE.

J'ai cru qu'en ménage
C'étoit un usage.

CLAUDEINE.

C'est coucher trop gros.

AIR.

Sur cet article-là, ma fille,
On ne peut être trop discret.
Sur la moindre peccadille
Il faut garder le secret.

B iij

Les maris dans cette affaire
Sont toujours fâcheux ;
C'eſt un crime près d'eux
Que d'être ſincere.

SCENE VI.

LUCAS, CLAUDEINE, TOINETTE.

LUCAS *à part.*

OU diantre s'eſt-il fourré ? Je cherche, je cours par ci par là ; je ne puis le trouver. . . . Mais voilà not' femme encore avec ſa fille ; écoutons-la tout bellement, & ſçachons une bonne fois ce qu'elle a dans l'ame.

CLAUDEINE *à* TOINETTE *, ſans voir* LUCAS.

AIR.

Toujours vers la tendreſſe
Vole un jeune cœur ;
Mais avec adreſſe
On cache ſon ardeur.
Quand j'épouſai ton pere
J'étois dans ton cas :
L'ai-je dit à Lucas ?

J'aurions eu du tracas,
De l'embarras,
Que sçai-je, hélas!
Tout au contraire;
Ne s' doutant de rien,
J'vivons toujours bien.
S'il me cherche noife,
Je crions plus fort.

LUCAS *à part.*

Ah! quelle matoife!

CLAUDEINE.

Il a toujours tort.

LUCAS *paroiſſant.*

Pefte! queu manigance! Ah coquine,
j'ai tout entendu.... Va, va, tu as beau
courir, je te rattraperai bien.

SCENE VII.

LUCAS.

AIR.

QUand on nous dit que la femme eft parfide;
On nous dit bien la pure verité.

Dans fes devoirs elle eft timide,

B iv

Pour tromper elle eſt intrépide,
Ce n'eſt morgué que fauſſeté.

Quand on nous dit &c.

De cet affront
Sur mon front
Je ſens déja l'atteinte.
Morgué, je vas
Faire fracas,
En porter ma plainte.
Mais, hélas !
On rira du pauvre Lucas.

M'avoir fait cette fraſque !
Je ſuis enragé.
J'aurois tout gagé
Que ſon cœur fantaſque
Ne s'étoit jamais engagé :
Mais la maſque,
De ſa tendre ardeur
Avoit donné la primeur.

De cet affront &c.

SCENE VIII.
LUCAS, COLIN.

COLIN *à part.*

AIR.

OU porter ma peine ?

LUCAS *à part.*
Où cacher mon chagrin ?

COLIN *à part.*
Toinette !

LUCAS *à part.*
Claudeine !

COLIN.
Lucas !

LUCAS.
C'eſt vous, Colin !

COLIN.   Je viens pour vous dire . . .
LUCAS,   Je viens vous inſtruire . . .
COLIN,   Un événement . . . .
LUCAS,   D'un rude accident.

COLIN.   Ma femme...

LUCAS.   Ma femme...

COLIN.   Eh! non, c'eſt moi.

LUCAS.   Eh! non, c'eſt moi.

COLIN.   On m'a fait...

LUCAS.   Qui?

COLIN.   On m'a fait...

LUCAS.   Quoi?

Enſemble.   Je ſuis ſur mon ame....

LUCAS.   J'ai mon paquet.

COLIN.   Moi, j'ai mon fait.

Ma femme, &c.

L U C A S.

Morgué, plantons là
Ces deux friponnes-là.

C O L I N.

Comment donc, beau-pere?

L U C A S.

Je ſomm' vot' confrere.

C O L I N.

J'ignorois cela.

LUCAS.

Oui, morgué, la nôtre
Eſt comme la vôtre.
Morgué, plantons là
Ces deux friponnes-là.

COLIN.

J'y conſens, beau-pere.

LUCAS.

Marchons tant que terre
Porter nous pourra.

Enſemble.

Morgué, plantons là
Ces deux friponnes-là.

SCENE IX.

LE BAILLI, LUCAS, COLIN.

LE BAILLI.

EH bien, eh bien, bonnes gens! comme vous vous chamaillez enſemble! Comment? dans le moment que vous entrez dans la famille l'un de l'autre . . .

COLIN.

Dans la famille vous-même, Monſieur

le Bailli . . . . . Jarni , j'en enrage.

LE BAILLI.

Ah ! ah ! vos querelles font des querelles de contract. Mais, que diantre ! la noce
ne s'eft pas faite fans que tout foit rapa-
trié.

LUCAS & COLIN.

Vous ne nous entendez pas, Monfieur
le Bailli ; je ne lui en veux pas, à lui.

LE BAILLI.

Eh bien , calmez-vous donc ; vous faites un fabat qui met tout le village en
alarmes.

LUCAS & COLIN.

Monfieur l'Bailli , jugez-nous.

LE BAILLI.

Voyons.

LUCAS.

Cette coquine de Claudeine pour qui
vous avez eu des bontés de pere, & que
vous m'avez fait époufer . . . . eh bien ,
Monfieur le Bailli , eh bien . . . .

COLIN *l'interrompant.*

Et moi , & moi , Monfieur le Bailli , je
ne prendrai pas en patience le beau fecret

dont Toinette m'a fait dépofitaire. Comment, mordienne, je ferois affez fot pour me charger d'elle, tandis que fon cœur court peut-être à préfent en Allemagne ou en Flandre après quelque galant Officier? Non, j'ai l'ame débonnaire, je n'aime point les gens de guerre, & encore moins les femmes qui les aiment.

LE BAILLI.

Colin n'eft pas plus raifonnable que Lucas; en extravagance, les deux font la paire.

LUCAS & COLIN.

Quoi, vous voudriez . . . .

LE BAILLI.

Je veux, je veux que vous ne trouviez pas de crimes où il n'y en a pas : le moindre éclat peut vous donner le plus fot ridicule.

LUCAS & COLIN.

Le plus fot ridicule feroit de les garder.

LE BAILLI.

Le plus fot ridicule feroit d'en parler.

AIR. Nº.

De vos chagrins je ſçai la cauſe ;
Vos femmes m'ont tout dit.
Ce n'eſt pas une choſe
Qui doive vous troubler l'eſprit.

LUCAS & COLIN.

Comment donc une offenſe
De cette eſpéce-là ?...

LE BAILLI.

Gardez-en le ſilence.

LUCAS & COLIN.

Non, non, on la ſçaura.

LE BAILLI.

De vous on ſe rira.

LUCAS.

La femme eſt, quand j'y penſe,
Un méchant bétail.

LE BAILLI.

Mon voiſin, mon compere,
Conſolez-vous de cette affaire,
Elle n'eſt pas de votre bail.

LUCAS.

Ma fine, il a raiſon. Ce que c'eſt que
d'être Bailli ! Il l'entend d'un mot. Nous

avions tort, Colin, nous avions tort ; je le crois.

LE BAILLI.

A I R. N°. 4.

A la ville, c'eſt vétille
Que cet accident-là.
Fillette gentille
Eſt ſujette à cela.
Que de Monſieurs d'importance,
De Robe ou de Finance,
Ont eu même lot,
Et n'en ſonnent mot.

SCENE DERNIERE.

LE BAILLI, CLAUDEINE, TOINETTE, LUCAS, COLIN.

LE BAILLI.

CLaudeine, Toinette, venez, venez ; il faut vous expliquer devant vos maris. Qui n'entend qu'une partie n'entend rien.

CLAUDEINE & TOINETTE.

Nous avons trop peur.

LE BAILLI.

Approchez; ne craignez rien. Toinette, qu'entendiez-vous quand vous difiez à Colin qu'il fallut fe rendre ?

TOINETTE.

Mais . . . Monfieur le Bailli . . . ?

LE BAILLI.

Quoi, fe rendre à difcrétion ?

TOINETTE.

Oh bon ! vous badinez , Monfieur le Bailli ; à difcrétion ! Quoique je fois , un petit, niaife, je fçai bien que les Officiers n'en ont gueres.

LE BAILLI.

Allons , allons , vous ne m'entendez pas . . . . Voyons, que je vous parle plus clairement : y auroit-il eu quelque pourparler clandeftin ?

TOINETTE.

Clandeftin ! qu'eft-ce que cela ?

LE BAILLI.

Maugrebleu de l'innocente ! Comment

me

me faire comprendre ? Là . . . . quelque rendez-vous nocturne ?

TOINETTE.

Nocturne, nocturne, je n'entends pas.

LE BAILLI.

Eh oui, ventrebleu, quelque rendez-vous de nuit.

TOINETTE.

De nuit ! Monſieur le Bailli ; oh je ſuis trop peureuſe.

COLIN

Ah ! Monſieur le Bailli, je vois bien à ſon innocence que je ne ſuis qu'une bête dans mes ſoupçons.

LUCAS.

Oui, Colin, nous ne ſommes qu'une bête.

LE BAILLI.

Allez, allez, cela, de bon compte, en fait bien deux. Accuſer injuſtement deux femmes qui ont toujours été l'exemple du village.

C

CLAUDEINE.

Vous le fçavez, Monfieur le Bailli, vous le fçavez.

LE BAILLI.

Allons, n'en parlons plus , voilà tout arrangé : la paix eft faite.

CLAUDEINE & TOINETTE.

Monfieur le Bailli, bien obligé.

QUATUOR.

LUCAS & COLIN.	CLAUDEINE & TOINETTE.
Oui, v'la ton pardon :	Chaffez le foupçon
Claudeine } fois fage, Toinette	Si vous êtes fage ;
Plus de carillon	Plus de carillon.
Dans notre ménage.	Dans notre ménage.

AIR DU BALLET.

DUO. N°. 5.

L'Amour veut du myftere,
Jufqu'en fes moindres plaifirs :
L'Amant qui fçait fe taire
Attendrit par fes foupirs.

De fon ame
La flamme

Brille mieux
Dans ses yeux.
Dans ses discours
Nous craignons toujours
Quelques ruses, quelques détours.

L'Amour &c.

VAUDEVILLE. N°. 6.

Margot dit à sa mere,
Voyez Lubin, qu'il est charmant!
Jeune, badin, taillé pour plaire;
Tenez, je l'aime infiniment.
    Taisez-vous, Peronnelle,
Dit la mere, & songe pour elle
A tendre à Lubin ses filets.
Voilà les Aveux indiscrets.

    Plein de son sçavoir-faire,
Un Procureur à tout propos
Se vantoit qu'en la moindre affaire
Il sçavoit toujours gagner gros.
    A cet avis utile
Tout Plaideur fuit cet homme habile;
Par la crainte qu'il a des frais,
Voilà les Aveux indiscrets.

Au Seigneur d'not' village
Mathurin s'plaignoit l'autre jour,
De c'qu'aimant sa femme à la rage,
Al' n'avoit point pour lui d'amour.
Le Seigneur plein de zéle,
Y court, & fait tant auprès d'elle,
Qu'à leur ménage il rend la paix.
Voilà les Aveux indiscrets.

Au Parterre.

Quand d'un nouvel Ouvrage
Vous paroissez satisfaits ;
Messieurs, votre suffrage
Met le comble à nos souhaits.

La Critique
Qui pique
Les Auteurs,
Les Acteurs,
Venant de vous,
Prend pour eux, pour nous,
Un ton plus utile & plus doux.

Quand d'un nouvel Ouvrage, &c.

F I N.

AIRS

des Aveux,

Indiscrets.

Le jour que l'on prend femme on est joy =
= eux, L'amour brule notre Ame de tous ses
feux de la beauté qu'on aime le cœur est plein,
est il toujours de meme le lendemain.
je suis encor
De mon nouveau menage, je suis content
moy, Toinette à ma foy, sa douceur m'enga =
= ge. fillette à son age Est de bon aloy,
Elle sera sage, je n'ai point d'effroy. Le jour &.

N.º 1.
Avant la Noce ma Toinette Ces façons
là sont bel et bien Mais quand la chose est
faitte Ça n'sert de rien ça n'sert de rien.
N.º 2.
Quelle fureur Et quel propos. Voila donc les
hommes sotte que nous sommes de les aimer a=
=vec de tels défauts Mary Pere et Mere, Tout
va fondre sur moy J'auray tort et pourquoy;
Ce qu'il a fait n'ai-je donc pû le fai = re

N.º 3.
Femme qui gronde ma Claudeine tant quelle
a de l'haleine faut la laißer d'auber d'auber
d'auber de crier Enfin l'on s'ennuie en tout
cas c'est comme la pluie c'est comme la pluie qüil
faut laisser tomber qüil faut laißer tomber.
N.º 4.
A la ville, c'est veille, que cet accident là fillette gen=
=tille est sujette à cela que de monsieux d'importance de
robe ou de finance ont eü meme lot et n'en sonnent mot

Nᵒ.5. Duo.

L'Amour veut du mistere Jusqu'en ses moin=
L'Amour veut du mistere Jusqu'en ses moin=
=dres plaisirs L'Amant qui sçait se taire At=
=dres plaisirs L'Amant qui sçait se taire At=
= tendrit par ses soupirs Fin. De son a =
= tendrit par ses soupirs De son a =
= me la flamme Dans ses yeux brille
= me la flamme Dans ses yeux brille

mieux dans ses discours nous craignons tou=
mieux dans ses discours nous craignons tou=
jours quelques ruses quelques détours
jours quelques ruses quelques détours.
Nº 6. Vaudeville.
Margot dit à sa mere voyés lubin quïl est charmant
Jeune badin taillé pour plaire tenés je l'aime infini=
=ment Caisés vous peronelle dit la mere et songe pour
elle àtendre à lubin ses filets voila les aveux indiscrets.

UNE
COMMUNE RURALE

DE LA HAUTE-MARNE

En l'An III de la République

PAR

H. METTRIER

Docteur en Droit, Licencié ès Lettres

Membre de la Société historique et archéologique de Langres

LANGRES

IMPRIMERIE CHAMPENOISE

1 et 3, rue Claude-Gillot, 1 et 3

—

1910

Une Commune Rurale de la Haute-Marne
EN L'AN III DE LA RÉPUBLIQUE